BIBLIOTHÈQUE

DE

L'ENFANCE CHRÉTIENNE

LA MÉNAGERIE

TOURS

Ad MAME ET Cie

IMPRIMEURS-LIBRAIRES

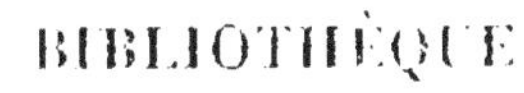

BIBLIOTHÈQUE

DE

L'ENFANCE CHRÉTIENNE

Par Mgr l'Archevêque de Touts

—

50 JOLIS OPUSCULES

d'une gravure

EVANGELIVM

LA

MÉNAGERIE

LA MÉNAGERIE

Une ménagerie s'était arrêtée pour quelques jours sur la place publique de Précy, et les propriétaires de ces animaux s'efforçaient par tous les moyens en leur pouvoir d'exciter la curiosité des habitants. Ils avaient à plusieurs reprises parcouru la ville au son d'une musique plus bruyante qu'harmonieuse ; ils avaient proclamé à chaque carrefour la liste des animaux qu'ils pouvaient présenter aux regards de ceux qui visiteraient leur ménagerie, et, si l'on en croyait leurs amphatiques annonces, ces animaux étaient les plus intéressants, les plus rares, les plus extraordinaires qui eussent encore été amenés en Europe. Enfin d'immenses

tableaux exposés à la porte de leur loge présentaient les grossières images d'animaux gigantesques dévorant avec une effrayante férocité des hommes et des animaux.

Les cinq ou six élèves qui étaient restés pendant les vacances sous la direction de M. de July ne purent résister à un si séduisant attrait, et ils supplièrent leur sage instituteur de leur faire voir ces animaux si curieux, tels qu'ils n'en avaient jamais vu de vivants. M. de July, qui n'avait qu'à se louer de la conduite et du travail de ses petits amis, se rendit volontiers à leur désir, et se dirigea bientôt avec eux vers le lieu où la collection d'animaux étrangers était exposée en spectacle.

En entrant dans la loge, les enfants furent en même temps frappés de la mauvaise odeur qu'exhalaient tous ces animaux réunis, et du bruit étourdissant que produisaient les rugissements des bêtes féroces, les cris aigus des perroquets et les mouvements désordonnés des singes, qui ébranlaient les barreaux de leur cage. Le dialogue suivant s'établit alors entre les visiteurs qui venaient de pénétrer dans l'enceinte de toiles et de planches qui entourait l'espace occupé par la ménagerie.

M. DE JULY.

Restez auprès de moi, mes enfants; ne me quittez pas, et craignez de vous approcher trop de ces animaux redoutables. Ne cherchez pas à tout voir à la fois ; nous allons commencer par une extrémité, et finir par l'autre. Nous n'avons pas besoin d'écouter les explications que cet homme fait à la foule, et dans lesquelles il me semble braver également la science et la grammaire. Nos souvenirs de Buffon et des autres naturalistes nous suffiront, je pense, pour reconnaître et pour étudier tous ces animaux.

EDMOND.

Oh ! d'abord en voilà un qui n'est pas difficile à reconnaître : c'est le *Lion*.

M. DE JULY.

Vous l'avez bien nommé, mon enfant, et sa qualité de roi des animaux lui donne le droit de fixer d'abord notre attention. Vous voyez, mes enfants, que les descriptions que vous avez pu lire du lion n'ont rien exagéré en vantant la figure imposante, le regard assuré, la démarche fière, la voix terrible de ce formidable quadrupède. Celui que vous avez sous les

yeux n'est pas très-fort; mais il y a des lions qui atteignent 2 mètres 66 centimètres de longueur et 1 mètre 33 centimètres de hauteur. La tête du lion est fort grosse, son cou ombragé d'une ample crinière; sa queue, longue de 2 mètres à 2 mètres 66 centimètres, est terminée par un flocon de poils; son pelage est d'une couleur fauve uniforme. Sa taille, bien proportionnée, paraît offrir le modèle de la force jointe à l'agilité. Ses pattes sont armées d'ongles pointus et tranchants, qu'il fait sortir ou rentrer à volonté. Cet animal, que l'on croit avoir existé autrefois en Grèce, se trouve aujourd'hui en Afrique et dans les parties méridionales de l'Asie. On a remarqué que sa force et sa férocité augmentent en raison de la chaleur du climat qu'il habitait; nulle part il ne se montre plus redoutable que dans les déserts brûlants du Sahara, où quelquefois un seul lion attaque et met en désordre toute une caravane. Lorsqu'il saute sur sa proie, il fait un bond de 4 à 5 mètres, tombe dessus, la saisit avec les pattes de devant, la déchire avec les ongles, et ensuite la dévore avec les dents.

ALEXANDRE.

On dit cependant qu'il est généreux et qu'il respecte le courage dans son ennemi; j'ai vu dans un livre de voyages qu'un homme près d'être dévoré par un lion arrêta avec assurance ses yeux sur ceux de l'animal, et que celui-ci, après l'avoir longtemps fixé sans que l'homme manifestât de frayeur, s'était retiré sans lui faire de mal.

M. DE JULY.

On cite un grand nombre de faits qui

semblent prouver que la colère du lion est noble, son courage magnanime, son naturel sensible. L'histoire d'Androclès, qué vous avez pu lire dans la *Morale en action*, prouve qu'il conserve un long souvenir des bienfaits. On l'a vu souvent dédaigner de petits ennemis, mépriser leurs insultes, et leur pardonner des libertés offensantes. On l'a vu, réduit en captivité, prendre des habitudes douces, obéir à son maître, flatter la main qui le nourrit, et donner quelquefois la vie à ceux qu'on avait dévoués à la mort en les lui jetant pour proie. Ainsi un lion du Jardin-des Plantes de Paris s'était tellement attaché à un petit chien que l'on avait jeté dans sa cage, qu'il fut impossible de l'en arracher. Cette affection singulière ne fit qu'augmenter, et bientôt ce fut le petit chien qui fut le maître et souvent même le tyran de son terrible compagnon. Le lion ne mangeait jamais qu'après avoir vu le chien satisfaire son appétit; il semblait s'oublier en tout pour veiller aux besoins de son ami. Enfin le chien mourut, et ce ne fut qu'après plusieurs jours que l'on put enlever son cadavre au lion, qui le serrait jour et nuit entre ses pattes. Quand il eut perdu l'espoir de revoir son camarade de captivité, il tomba dans une mélancolie d'où rien ne put l'arracher; en vain on lui jeta de nouveaux petits chiens; il les regardait avec indifférence, et ne semblait pas s'en occuper. Enfin il refusa toute nourriture et se laissa mourir de douleur.

EDMOND.

Comment fait-on pour s'emparer des lions?

M. DE JULY.

On se rend maître des lions, comme de tous les animaux féroces, soit en les enlevant tout petits à leur mère, soit en les attirant au moyen d'un appât sur des fosses recouvertes de branches légères et de feuilles. Le lion, surpris de se voir ainsi prisonnier, se laisse souvent enchaîner, museler, et conduire sans difficulté. Les Romains en faisaient prendre dans la Barbarie pour figurer dans les combats du cirque. Quintus Scævola, qui en avait fait venir le premier, eut bientôt de nombreux imitateurs. Sylla donna en spectacle un combat de cent lions; Marcellus en fit tuer deux cent soixante-huit; aux fêtes données par César, dans l'année 46 avant Jésus-Christ, quatre cents de ces animaux périrent également; et quelque temps auparavant, Pompée en avait réuni six cents pour les jeux destinés à célébrer l'inauguration de son théâtre. Aujourd'hui un pareil luxe serait impossible; le lion, devant qui tous les autres animaux tremblent et qui n'en redoute aucun, n'a jamais dû former une race nombreuse; mais il disparaît tous les jours devant l'industrie de l'homme, à mesure que la culture et la civilisation empiètent sur les déserts où il régnait.

CHARLES.

N'est-ce pas un tigre qui est dans la seconde cage?

M. DE JULY.

Oui, mon ami; c'est le *tigre* proprement dit, ou le tigre royal. Je fais cette distinction, parce que cet animal, qui ne se trouve pas en Afrique, mais en Asie, et jusque sur les bords de la mer Caspienne, est souvent confondu avec les autres espèces tachetées, telles que le *Jaguar*, qui est le tigre d'Amérique, la *Panthère*, le *Léopard* et le *Guépard;* ces trois dernières espèces sont inférieures au tigre

pour la taille et pour la force; elles s'en distinguent aussi par la disposition des couleurs de leur pelage.

Le tigre est plus allongé et plus efflanqué que le lion ; il a la tête nue, les yeux hagards, la langue couleur de sang, toujours hors de la gueule. Son poil est d'un blanc jaunâtre, avec des bandes noires en forme de ceintures. Il est si agile, qu'il fait des bonds de 3 mètres 33 centimètres à 4 mètres et grimpe sur les arbres pour y chercher des singes et des oiseaux. Il est si robuste et si nerveux, qu'il emporte un cheval entre ses dents sans que sa marche en semble ralentie.

On le cite comme le plus sanguinaire des quadrupèdes. Il est, dit-on, cruel par instinct, méchant par caractère, constamment furieux, toujours avide de sang. Il étrangle, met en pièces et dévore tous les êtres animés qu'il peut apercevoir, et cela sans nécessité, sans autre besoin que celui de la destruction. Rassasié de chair, il est toujours altéré de sang, et sa rage est insatiable.

ALEXANDRE.

On dit cependant qu'on est parvenu à apprivoiser cet animal si féroce.

M. DE JULY.

Oui; l'histoire rapporte qu'Héliogabale fit venir des tigres de l'Inde pour lui servir d'attelage, et en Asie on dresse le guépard pour la chasse des gazelles. On a vu autrefois des belluaires soumettre ces animaux au point de les faire obéir à leur voix, et même à un signe. De nos jours, nous voyons encore ces merveilles se reproduire, et depuis quelques années plusieurs hommes intrépides sont parvenus à dompter ce naturel farouche. Martin fut le premier qui osât entrer à la vue du public dans les cages de ces animaux, les caresser ou les frapper, leur arracher leur nourriture, et braver la fureur qu'il se plaisait à exciter en eux. Plus tard, le Hollandais Van Amburgh se montra dans une grande cage au milieu d'une douzaine de jaguars, de lions, de panthères qui venaient jouer avec lui, comme les animaux les plus innocents, qui recherchaient ses caresses et obéissaient à ses ordres. Il portait la confiance au point de placer sa tête dans la gueule ouverte d'un lion gigantesque. Plus extraordinaire encore, l'Américain Carter exposa sur un théâtre des animaux complétement libres, donnant avec un tigre dressé le spectacle d'une lutte désespérée qui faisait frémir les spectateurs; il se faisait suivre par un énorme lion, comme si ce n'eût été qu'un chien, et se faisait traîner par cet animal dans un char, auquel il l'attelait. Toutefois ce sont là des jeux pleins de dangers, et il est douloureux de voir des hommes, encouragés par les applaudissements d'une foule insensée, exposer ainsi leurs jours à un péril imminent. Martin faillit être dévoré par un lion qui lui déchira la cuisse; Van Amburgh fut cruellement mordu à la jambe par une lionne, à la vue du public attiré par ses exercices, et il ne faut qu'un caprice d'un instant chez un de ces animaux terribles pour que ces hardis dompteurs paient leur imprudence de leur vie.

ALEXANDRE.

Quel est ce vilain animal, si mal proportionné, qui paraît si maladroit, et dont les yeux et la posture semblent exprimer en même temps la crainte et la férocité?

M. DE JULY.

C'est une *Hyène*. Cet animal offre, en effet, dans la disposition de ses membres quelque chose de bizarre et de disgracieux; on remarque dans son organisation des traits qui le rapprochent en même temps du chien et du chat; ses membres sont moins longs en arrière qu'antérieurement, de sorte que son dos présente une ligne inclinée. Les anciens naturalistes semblent s'être fait une idée exagérée de la férocité des hyènes; un besoin impérieux les pousse quelquefois à attaquer les animaux; mais leur nourriture habituelle consiste en animaux morts et en charognes; on prétend même qu'elles déterrent les cadavres pour s'en repaître. Ce sont sans doute des animaux voraces, mais ils manquent de courage, d'adresse, et leurs armes naturelles sont loin d'être aussi redoutables que celles des lions et des tigres. On dit même qu'on les apprivoise assez facilement.

Voyez un peu plus loin ce monstrueux animal qui se balance d'une jambe sur l'autre par un mouvement continuel et monotone : c'est l'*Ours* blanc des mers glaciales. On le rencontre au nord de l'Europe et de l'Asie, où il vit au milieu des glaçons flottants; il se nourrit de poissons et de cétacés, et, quand la faim le presse, il se jette sur les hommes et sur les animaux. L'ours blanc atteint de très-grandes dimensions, et sa force le rend fort redoutable. On en a vu de 3 à 4 mètres de long, qui poursuivaient les petites embarcations à la nage, les faisaient chavirer, et dévoraient les matelots qu'elles contenaient. Celui-ci semble souffrir de la chaleur de notre climat, et vous voyez qu'on est obligé de lui jeter souvent de l'eau sur le corps pour le rafraîchir.

Il y a plusieurs espèces d'ours, mais toutes habitent des pays assez froids, ou du moins, lorsqu'elles s'avancent vers des climats plus méridionaux, elles se tiennent toujours sur les points élevés des chaînes de montagnes. On connaît surtout l'*Ours aux longues lèvres*, originaire du Bengale, qui s'apprivoise très-facilement; l'ours d'Europe, qui passe l'hiver dans un état de somnolence dont il ne sort de temps en temps que pour sucer ou lécher ses pattes de devant; enfin l'ours noir, qui abonde dans l'Amérique du Nord, et dont la fourrure est un objet de commerce fort important.

CHARLES.

Ah ! voyez donc un porc-épic !

M. DE JULY.

C'est un animal très-singulier, qui appartient à la classe des rongeurs. On le trouve dans les parties les plus méridionales de l'Europe, en Barbarie et dans une partie de l'Inde. Son dos est armé de piquants très-durs, colorés, par anneaux, de noir, de brun et de blanc; ces aiguillons fort acérés ont quelquefois jusqu'à

33 centimètres de longueur; autour de son cou et sur la nuque il porte une huppe de longues soies roides. Cet animal se creuse, à l'aide de ses longues griffes, des terriers, auxquels il donne plusieurs issues, et dont il ne sort que la nuit; l'hiver, il tombe dans un assoupissement semblable à celui de la marmotte.

EDMOND.

Est-il vrai que le porc-épic lance ses dards à ceux qui l'attaquent?

M. DE JULY.

C'est un préjugé qui a longtemps été accueilli comme une vérité. Le porc-épic ne lance pas ses aiguillons, mais quand il est irrité il hérisse ses piquants, et se jette à reculons ou de côté sur son ennemi, tâchant ainsi de le blesser au moyen de ses aiguillons, et cherchant en même temps à garantir sa tête dénuée de défense.

Passons maintenant de ce côté; nous allons examiner ces grands quadrupèdes qui, pour être moins redoutables que les animaux féroces que nous quittons, n'en sont pas moins intéressants. Voici d'abord le *Chameau* ou plutôt le *Dromadaire*, car celui que vous voyez n'a qu'une bosse, et doit par conséquent prendre cette dernière dénomination; le chameau, qui a deux bosses, est beaucoup plus commun et moins estimé que le dromadaire. Ces animaux, que l'on ne trouve nulle part à l'état sauvage, et qui semblent avoir été les premiers soumis à la servitude, sont constitués exprès pour vivre au milieu des déserts de l'Orient. Eux seuls pouvaient établir des communications entre les pays que séparent les immenses mers de sable qui occupent le centre de l'Afrique; aussi les a-t-on nommés avec raison les *navires du désert*. Doux, patient, sobre, laborieux, courageux et docile, le chameau porte sur son dos une charge de 400 à 600 kilogrammes; il peut faire 200 kilomètres par jour, ne se reposant que quelques heures sans déposer son fardeau, et supporte, s'il le faut, cette fatigue pendant huit jours de suite. Une pelote de farine suffit à sa nourriture; il peut rester neuf jours sans boire. Cette faculté extraordinaire est due à une disposition spéciale de sa constitution; outre les quatre estomacs qu'il possède comme tous les ruminants, le chameau est muni d'un réservoir dans lequel il conserve pendant longtemps une provision d'eau parfaitement pure, et une simple contraction des muscles lui fait ramener une partie de cette eau dans l'œsophage, pour la mêler à la nourriture sèche qu'on lui donne. Pendant ses voyages à travers le désert, le chameau sent une source ou une mare d'eau à 2 kilomètres de distance, et il en prend pour les besoins de l'avenir. Le chameau rend d'innombrables services aux Arabes: il les porte dans leurs voyages, eux et leur bagage; il les habille de son poil, dont on fabrique de grossières étoffes; il les nourrit de son lait et même de sa chair. Les lamas et les alpacas de l'Amérique du Sud ont beaucoup de rapport avec le chameau, et servent aux mêmes usages que ce dernier.

Nous voici maintenant devant un animal que chacun de vous a déjà reconnu. L'*Éléphant* est le plus grand des animaux terrestres : il est haut de 3 à 4 mètres, et il pèse ordinairement de 2,000 à 2,500 kilogrammes; sa peau est rude, d'une teinte terreuse et à peu près dépourvue de poils (1); ses jambes énormes et toutes rondes semblent difformes; ses piedssont plantigrades, et les doigts, au nombre de cinq, sont perdus dans la chair qui les enveloppe. Il est remarquable surtout par sa trompe, espèce de groin ou de prolongement du nez, long de 1 mètre à 1 mètre 33 centimètres, extrêmement mobile, dont il se sert avec une étonnante adresse, et qui a assez de force pour frap-

(1) Dans les Indes on trouve quelques éléphants blancs qui sont conservés avec grand soin et honorés comme les divinités tutélaires du pays.

per des coups violents et enlever de lourds fardeaux. Sous cette trompe s'ouvre une large bouche d'où sortent deux dents ou défenses longues, aiguës, et qui forment des armes redoutables; ces défenses tom-

bent tous les ans et sont remplacées par d'autres plus fortes ; on en a vu de 1 mètre à 1 mètre 33 centimètres de longueur, et qui pesaient de 60 à 75 kilogrammes. Ce sont ces défenses qui fournissent l'ivoire, dont les arts tirent un parti si avantageux.

Les éléphants se divisent en deux espèces, l'une qui se rencontre en Afrique, et l'autre qui habite l'Asie; mais les animaux des deux pays ne diffèrent guère entre eux que par la forme de la tête, qui, chez l'éléphant d'Asie, est plus large avec le front concave et les côtés bombés, et qui est plus arrondie avec les oreilles plus grandes et plus rapprochées chez l'éléphant d'Afrique.

L'instinct naturel des éléphants les porte à la société : ils se tiennent en grandes troupes dans l'intérieur des forêts, d'où ils sortent rarement; ces troupes comprennent depuis quarante jusqu'à cent individus, et sont conduites par l'un des plus vieux et des plus vigoureux éléphants qui les composent. Les plus jeunes et les femelles sont placés au centre.

L'éléphant est un des animaux dont l'homme a tiré le plus de parti; et ses rares qualités devaient, en effet, le lui rendre précieux. L'éléphant est doux, patient, docile, éminemment susceptible d'attachement et de reconnaissance envers ses bienfaiteurs, mais en même temps de ressentiment envers ses ennemis. Malgré sa pesanteur, il est assez agile pour faire de 10 à 15 myriamètres par jour, et pour courir aussi vite qu'un cheval; il porte de 1,500 à 2,000 kilogrammes pesant. C'est par le moyen de ces animaux que s'effectuent dans les Indes tous les transports des marchandises; on s'en sert aussi à la guerre, et les anciens le chargeaient d'une espèce de petite tour dans laquelle on renfermait un certain nombre de soldats armés.

Comme les éléphants se reproduisent rarement en servitude, on est obligé de faire constamment la chasse aux individus sauvages. Quand on veut s'emparer d'une troupe entière de ces animaux, on l'entoure au moyen d'un grand nombre d'hommes armés qui, en effrayant les éléphants par le bruit des instruments et par les décharges d'armes à feu, les poussent dans une enceinte préparée, formée de larges fossés et d'énormes palissades; l'entrée de cette enceinte est disposée de manière à ressembler autant que possible à un passage libre et facile vers l'intérieur de la forêt. Quand les éléphants se sont laissé prendre à ce piége, on les isole en les attirant par l'appât de la nourriture dans un couloir étroit où ils ne peuvent se retourner; on les y renferme au moyen de fortes traverses disposées devant et derrière eux; on les attache par les pieds à de forts troncs d'arbre; enfin on les dompte par le défaut de nourriture et en les mêlant à des éléphants apprivoisés qui les frappent de leurs trompes s'ils essaient de résister.

Peu à peu on les accoutume, par des privations ou des récompenses, à obéir aux ordres qu'on leur donne, et à laisser leur cornac s'asseoir sur leur cou, d'où il dirige facilement leurs mouvements.

On s'empare des individns isolés, soit en les faisant tomber dans des fossés, soit en leur tendant des piéges où ils enlacent leurs pieds dans des nœuds coulants, ou encore en sciant par le pied l'arbre sur lequel ils ont coutume de s'appuyer pour dormir; cet arbre venant à manquer sous leur poids, l'animal tombe, et, comme il ne peut pas se relever, le chasseur en fait facilement sa proie.

Toutefois, et quelle que soit la douceur

habituelle de l'éléphant, on en voit quelques-uns tomber en proie à des accès de fureur que rien ne peut maîtriser, et pendant lesquels ils méconnaissent tout frein et toute obéissance.

EDMOND.

Quel est cet animal si laid, si difforme, qui a une corne sur le nez, et qui est enchaîné si fortement?

M. DE JULY.

Mes enfants, c'est le plus puissant des quadrupèdes après l'éléphant, c'est le *Rhinocéros*, dont le nom, tiré du grec, signifie nez à corne; on en voit cependant qui sont dépourvus de cette protubérance. Le rhinocéros a ordinairement 4 mètres de long et de 2 à 2 mètres 33 centimètres de haut; la corne qu'il porte sur le nez a quelquefois 1 mètre de longueur, elle est très-forte et très-dure; ses oreilles sont longues et roides; ses yeux sont petits; sa peau, rude et dure, forme auprès des articulations des épaules et du cou quelques grosses rides ou plis destinés à favoriser le mouvement des membres; partout ailleurs elle est inflexible et couvre le rhinocéros d'une espèce de cuirasse impénétrable aux armes les plus tranchantes, et sur laquelle les balles viennent s'aplatir. Ses jambes sont grosses, et ont à peine 1 mètre de hauteur; ses pieds sont à trois doigts; son ventre touche presque à terre; sa queue est courte et dénuée de poils.

Les rhinocéros se rencontrent dans l'Abyssinie et dans les Indes, on en trouve aussi en Afrique; ils se plaisent dans le voisinage des marais, des lacs et des rivières et aiment à se vautrer dans la boue; ils se nourrissent d'herbes grossières, de roseaux et d'arbrisseaux épineux.

Ces animaux sont très-redoutables dans leur colère, mais ils sont ordinairement paisibles, et ne songent à nuire que pour leur défense. Ils n'ont pas les instincts sociables de l'éléphant, auquel ils sont d'ailleurs très-inférieurs en intelligence, et on les rencontre rarement par bandes nombreuses. Ils vivent en paix avec tous les animaux, dont aucun n'est redoutable pour eux, mais qu'ils n'attaquent jamais. On dit qu'ils vivent cent ans. Les Indiens font de leur peau des boucliers à l'épreuve des flèches et des balles; ils recherchent aussi beaucoup leurs cornes, dont ils savent faire de jolis ouvrages, et auxquelles ils attribuent de grandes vertus médicinales.

ALEXANDRE.

Parlez-nous donc, je vous prie, de tous ces singes de tant d'espèces différentes que nous voyons groupés autour de nous, les uns libres ou à peine attachés par une légère chaîne fixée autour des reins, et les autres renfermés dans des cages solides.

M. DE JULY.

Tous ces animaux appartiennent à

l'ordre des quadrumanes, ainsi nommé à cause des mains dont sont pourvus les quatre membres des différentes espèces qui le composent.

Les singes sont surtout remarquables par les rapports frappants de conformation extérieure qu'ils ont avec l'homme; quelques espèces même s'en rapprochent à un point qui pourrait tromper au premier abord sur leur véritable nature; ils possèdent aussi un degré d'intelligence supérieur à celui des animaux ordinaires. Ce sont ces qualités extraordinaires qui ont conduit quelques écrivains impies ou irréfléchis à voir dans ces singes des êtres de même espèce que nous, dont l'intelligence n'était pas encore développée au même degré que la nôtre, ou qui étaient déchus de leur ancienne perfection. La moindre attention suffit pour faire rejeter dans le néant ces conjectures insensées. Sans doute nous devons admirer l'instinct étonnant dont la Providence a doué les quadrumanes, les moyens nombreux qu'elle leur a donnés de pourvoir à leur conservation; mais il est facile de reconnaître les bornes infranchissables qu'elle a assignées à leur intelligence, et ce serait rabaisser indignement notre nature divine que de la comparer à celle d'un animal, parce que cet animal peut imiter quelques-uns de nos mouvements et se tenir droit comme nous. Dieu n'a voulu accorder qu'à l'homme seul un reflet de sa divine essence, parce que, seul, l'homme était destiné à connaître et à adorer son Créateur. Que ces animaux soient physiquement constitués comme nous, que l'anatomiste trouve chez eux le même nombre de côtes et les mêmes dispositions du cerveau, l'âme divine que nous avons reçue mettra toujours entre eux et nous une incalculable distance, et, s'il était besoin de nouvelles preuves pour confondre les philosophes incrédules, l'examen des espèces les plus parfaites des singes, loin de leur inspirer des systèmes impies, devrait les convaincre que la disposition physique de nos organes est insuffisante pour développer nos facultés morales, tant qu'elle n'est pas animée de ce souffle divin au moyen duquel Dieu a voulu faire de l'homme une faible image de son intelligence suprême.

Le plus remarquable des quadrumanes et celui qui ressemble le plus à l'homme, c'est le *Chimpanzé*, que Buffon a décrit sous le nom de Jocko. C'est le seul de tous les singes qui marche naturellement sur ses membres inférieurs; sa face est brune et nue, à l'exception de quelques poils sur les joues; son front est arrondi, et son museau ne prend pas le développement que l'on remarque chez la plupart des autres singes; il atteint jusqu'à 1 mètre 66 cent. et même 2 mètres de hauteur, et n'a pas de queue. On n'a trouvé jusqu'à présent de chimpanzé que sur la côte occidentale de l'Afrique, dans les forêts du Congo et de la Guinée. Les individus que l'on a pu observer jusqu'à nos jours en Europe étaient très-jeunes; ils étaient remarquables par leur douceur et leur docilité; mais il paraît qu'en vieillissant cet animal prend un caractère moins facile; il devient mélancolique, farouche; on en a vu attaquer des hommes en s'armant d'un bâton qu'ils maniaient avec vigueur et adresse.

L'*Orang-Outang* (en malais *homme sauvage*) vient ensuite; mais la forme de son corps le rend moins semblable à l'homme que ne l'est le chimpanzé. Destiné à vivre sur les arbres, il ne marche à terre qu'avec beaucoup de peine et en s'aidant de ses quatre membres; ses bras, aussi longs que tout son corps et armés de doigts longs et courbés, sont doués d'une force prodigieuse. Ces singes peuvent se soutenir sans fatigue pendant des heures entières accrochés à une seule main, se servant indifféremment dans cette position de celles des membres supérieurs ou de celles des membres inférieurs. Ils s'élancent aussi à de très-grandes distances d'un arbre sur un autre. On a amené un assez grand nombre de jeunes orangs-outangs en Europe; mais leur constitution ne peut résister aux vicissitudes du climat, et ils ne tardent pas à mourir de consomption. Leur patrie est le continent indien, mais principalement les îles de Bornéo et de Sumatra.

On trouve encore dans les Indes une espèce de singes nommés *Gibbons,* qui se rapprochent des orangs par la longueur de leurs bras et l'absence de queue; ils en diffèrent toutefois par leur taille, qui est moins élevée, par leur paresse et la lenteur de leurs mouvements, enfin par une callosité cornée qui se trouve sous le siége de ces animaux, et qui leur permet de rester assis sans douleur sur l'écorce rugueuse des troncs d'arbre; cette particularité se retrouve chez toutes les espèces inférieures que nous décrirons successivement.

En suivant un ordre décroissant quant à l'intelligence et à la force, nous devons

citer ici les *Guenons*, que l'on trouve dans toute l'Afrique. Elles ont le cerveau assez développé, mais elles diffèrent des précédents en ce qu'elles portent une queue ordinairement assez longue.

Les *Semnopitèques* sont des singes aux membres grêles et allongés, à la face aplatie, qui se distinguent des premières espèces en ce que leur estomac, au lieu d'offrir un sac comme celui de l'homme, est traversé par des bandes musculaires. Viennent ensuite les *Macaques*, qui se reconnaissent à leurs abajoues, c'est-à-dire à des joues lâches et dilatables dans lesquelles ces animaux conservent des aliments qu'ils veulent emmaganiser. A cette espèce appartient le *Magot*, singe qui vit en Afrique et que l'on trouve aussi dans les rochers de Gibraltar; il se distingue par une espèce de tubercule qui, chez lui, remplace la queue. Dans son jeune âge, ce singe est soumis, docile et intelligent; mais en vieillissant il devient farouche, méchant et intraitable.

On a distingué sous le nom de *Cynocéphales*, c'est-à-dire à la tête de chien, un groupe de singes qui habitent l'Afrique et qui se montrent toujours d'une sauvagerie indomptable. Leurs ravages sont redoutables aux cultivateurs, et l'on prétend que, lorsqu'ils veulent dévaster un verger, ils ont le soin de placer des vedettes pour les avertir du danger, et qu'ils font passer de main en main le produit de leur pillage, jusqu'en des lieux écartés où ils s'en repaissent à loisir. Les *Papions*, les *Babouins*, les *Mandrills* appartiennent à cette espèce.

L'Amérique possède aussi de nombreuses espèces de quadrumanes qui lui sont particulières; chez presque tous ces animaux on trouve trente-six dents, tandis que les singes de l'Afrique et de l'Asie n'en ont que trente-deux, comme les hommes; chez presque tous ces quadrumanes, la queue est *préhensible*, c'est-à-dire susceptible de s'enrouler autour des objets pour s'y cramponner; aucun singe d'Amérique n'a ces callosités du siége dont nous avons parlé; ils n'ont pas non plus d'abajoues.

Parmi ces singes il faut remarquer les *Hurleurs* ou *Stentors*, qui, au lever et au coucher du soleil, poussent des cris effroyables qui s'entendent à 2 kilomètres de distance, et qu'ils prolongent fort longtemps; quand on les tue à coups de fusil, ils s'accrochent à une branche au moyen de leur queue, et y restent suspendus après leur mort. Les *Atèles* ou *Singes-Araignées*, ainsi nommés à cause de leur démarche difficile et maladroite quand ils sont à terre, figurent aussi au nombre des plus grands singes d'Amérique.

Les *Sajous* ou *Sapajous* sont des singes d'une taille moyenne, très-peu rares et très-susceptibles de s'apprivoiser et de prendre les habitudes que l'on veut leur donner. Leur intelligence et leur vivacité les font préférer à tous les autres, et ces singes que vous voyez entre les mains des petits Auvergnats, et qui fixent souvent l'attention publique par leurs tours et leurs grimaces, sont le plus souvent des sapajous.

Citons encore les *Sakis*, petits singes d'un roux marron, qui ont des dents incisives penchées en avant et une queue longue comme leur corps et fournie de poils longs et touffus, et les *Ouistitis*, petits quadrumanes très-gais, très-remuants et très-irascibles, qui habitent l'Amérique méridionale.

Je crois, mes enfants, ajouta M. de July, que nous avons examiné tous les animaux qui composent la ménagerie. D'ailleurs il est tard, et je commence à me fatiguer de parler. Rentrons donc à la maison, nous reprendrons une autre fois notre conversation sur les diverses espèces d'animaux, et cette étude intéressante nous fournira toujours de nouvelles occasions d'admirer la puissance infinie et l'inépuisable bonté du Créateur.

FIN.

Tours, impr. Mame.

www.ingramcontent.com/pod-product-compliance
Ingram Content Group UK Ltd.
Pitfield, Milton Keynes, MK11 3LW, UK
UKHW021040180726
13838UKWH00004B/1923